Werner Holzwarth (Text) · Henning Löhlein (Illustration)

Der Klienaad un et Kliesbeth

Ene Verzäll vum Glöck

Auf Rheinisch von Alice Herrwegen

KLARTEXT

„Ei... zwei... drei... un do noch ei! Vier!!! Et es vierblädderig! Klienaad, no süch ens! Uns Klein hät vier Blāddere!“, juuzten et Kliesbeth.

„Vierblädderige bränge Glöck“, gov der Klienaad, singe Mann, Antwood.

„Käuverzäll“,

dät et vun links zische, wo der Kliegnaaz, dä muuzepuckelige aale Bemm sing Plaatz hatt.

„Klie es Klie! Ov drei ov vier Bläddere, dat es dressegal!“

„Endoch, Vierblädderige bränge luuter Glöck“,

gov der Klienaad zoröck.

„Käuverzäll!

Ei Bläddche mih han die. Söns gar nix.

Vierblädderige sin bloß Strunzbüggele!“

„Hööt op met dä Öschelei!“,

dät jetz et Kliemhild, et Älds om Feld fordere.

„Mer weede glich sinn,
wä vun üch rääch hät.“

Un schon dät et sich esu
deef böcke, wie sich e Kliebladd
beim Aanbleck vun ener Koh
nor böcke kann.

Un sämpliche andere vierhundertfuffzig Kliebläddere op der Wis däten etselve. Nä, nit all! Dat Klein, dat grad op de Welt gekumme wor, dät sich nit böcke. Et hatt jo och noch nie jet vun ener Koh gehoot.

0235802

„Muh, muh-muh-muuuh!“,

dät et Liesel muhe,
wie et dat Klein soch.

Wat esu vill heiß wie:

„Och, wie schön, e vierblädderig Kliebladd!“

Et dät sich bei et erav böcke …

... strichelte et höösch met singer rauh Zung un froß –
dat decke, fette dreiblädderige Kliebladd nevven im.

Donoh dät et genöglich un ärg glöcklich wiggertrabe.

„Juhu, mer levve noch!“,

reef et Kliesbeth.

„Sühs de, Kliegnaaz, mer muss nor an et Glöck gläuve, schon weed alles god.“

„Kliegnaaz ... Kliegnaaz?!

Wo häs de dich vestoche, do decke, aale Nöttelefönes?“

Werner Holzwarth,
geboren 1947 in Winnenden, war freier Journalist, Creative Director in der Werbung, ab 1990 mit seiner eigenen Werbeagentur selbständig und lehrte 1995 bis 2012 als Professor für Visuelle Kommunikation an der Bauhaus-Universität Weimar. Er hat zahlreiche Kinderbücher verfasst, dessen bekanntestes, „Vom kleinen Maulwurf, der wissen wollte, wer ihm auf den Kopf gemacht hat", in 27 Sprachen erschienen ist und bislang eine Gesamtauflage von drei Millionen Exemplaren erreicht hat. Er lebt in Tübingen.

Henning Löhlein,
geboren 1965, wuchs in Bonn auf und hat in Südfrankreich Kunst und Design studiert. In England entdeckte er für sich die Illustration. Er lebt als freischaffender Illustrator in Bristol, wo er auch als Dozent an der „University of the West of England" tätig ist, und hat mehr als 30 Bücher bebildert, die in zehn Sprachen übersetzt worden sind.

Alice Herrwegen
beschäftigt sich mit kölschem Theater und ist seit 1995 Referentin für Seminare und Sprache an der Akademie för uns kölsche Sproch. Veröffentlichungen unter anderem: Kölsch för Imis, Das kölsche Wörterbuch, De Kölsche Sproch.

Bibliografische Information der Deutschen Bibliothek

Die Deutsche Bibliothek verzeichnet diese Publikation in der Deutschen Nationalbibliografie; detaillierte bibliografische Daten sind im Internet über <http://www.dnb.de> abrufbar.

Gestaltung: Antje Holzwarth
Druck und Bindung: Himmer, Augsburg
1. Auflage März 2014

ISBN 978-3-8375-1122-2

www.klartext-verlag.de

„Der Klienaad un et Kliesbeth" ist zunächst in einer schriftdeutschen Ausgabe auf den Markt gekommen, und zwar 2011 mit der ISBN 978-3-905871-24-1 unter dem Titel „Kleeorg und Kleeopatra. Eine Geschichte vom Glück" im Bajazzo Verlag, Zürich. Eine Übersetzung ins Chinesische (Mandarin) ist 2013 im Verlag Xinlei Chubanshe, Tianjin, mit der ISBN 978-7-5307-5772-7 herausgekommen.

Jetzt erscheint das Buch gleichzeitig in zwölf Mundartausgaben, die von sieben Verlagen veröffentlicht werden:

Alemannisch im Silberburg-Verlag, Tübingen: Kleeorg un Kleeopatra. Ä Gschicht vum Glück. Uff Alemannisch vum „Hämme" Helmut Dold. ISBN 978-3-8425-1290-0.
Badisch (Südrheinfränkisch) im Silberburg-Verlag, Tübingen: Kleeorg un Kleeopatra. E Gschicht vom Glück. Uff Badisch von Michael Kohler. ISBN 978-3-8425-1292-4.
Bairisch im Volk Verlag, München: Kleernstl und Kleeronika. A Gschichterl vom Gligg. Auf Boarisch von Gerald Huber. ISBN 978-3-86222-132-5.
Berlinisch in der edition q im be.bra verlag, Berlin: Kleemil und Kleeopatra. Eene Jeschichte vom Glück. ISBN 978-3-86124-683-1.
Fränkisch im Volk Verlag, München: Gleeorch und Gleeobadra. A Gschichdla vum Gligg. Aff Fränggisch von Florian Hartmann. ISBN 978-3-86222-133-2.
Hessisch im CoCon-Verlag, Hanau: Kleemil und Kleemilie. E herrlisch Geschischt vom Glick. Übersetzt von „Badesalz" (Hendrik Nachtsheim und Gerd Knebel). ISBN 978-3-86314-259-9.
Plattdeutsch im Hinstorff Verlag, Rostock: Kleeorg un Kleeopatra. Ein Geschicht von't Glück. Übersetzt von Wolfgang Mahnke. ISBN 978-3-356-01828-8.
Rheinisch im Klartext Verlag, Essen: Der Klienaad un et Kliesbeth. Ene Verzäll vum Glöck. Übersetzt von Alice Herrwegen. ISBN 978-3-8375-1122-2.
Ruhrdeutsch im Klartext-Verlag, Essen: Kleeopold und Kleementine. En Döneken über sowat von Dusel. Übersetzt von Claus Sprick. ISBN 978-3-8375-1124-6.
Sächsisch im Mitteldeutschen Verlag, Halle (Saale): Gleeorg un Gleeobadra. Eene Geschischde vom Gligg. Off Säggssch von Karin-B. Köhler. ISBN 978-3-95462-250-4.
Schwäbisch im Silberburg-Verlag, Tübingen: Kleeorg ond Kleeopatra. 's Glick isch a Rendvieh. Uff Schwäbisch vom Autor Werner Holzwarth. ISBN 978-3-8425-1288-7.
Westfälisch im Klartext-Verlag, Essen: Klaoverich un Klaoverita. En Vertellsel van't Glück. Übersetzt von Hannes Demming. ISBN 978-3-8375-1123-9.

Die genannten Verlage sowie der Boyens Buchverlag in Heide arbeiten in der Regionalbuch AG zusammen. Ziel der Regionalbuch AG ist es, das Thema Regionalia nachhaltig ins Bewusstsein zu bringen; dazu werden gemeinsame Aktionen entwickelt. Die Mitglieder unterstützen die Initiative „Buy local". Zwei- bis dreimal im Jahr treffen sich die Verlage zum Erfahrungsaustausch.

www.regionalbuch-ag.de

Regional buch AG